KB062067

모션현혹이론

시작시인선 0415 모션현혹이론

1판 1쇄 펴낸날 2022년 3월 7일
지은이 김해리
펴낸이 이재무
책임편집 박찬세
편집디자인 민성돈, 장덕진
펴낸곳 (주)천년의시작
등록번호 제301-2012-033호
등록일자 2006년 1월 10일
주소 (03132) 서울시 종로구 삼일대로32길 36 운현신화타워 502호
전화 02-723-8668
팩스 02-723-8630
홈페이지 www.poempoem.com
이메일 poemsijak@hanmail.net

ISBN 978-89-6021-620-4 04810
978-89-6021-069-1 04810(세트)

값 10,000원

모션현혹이론

김해리

천년의 시작

시인의 말

이른 가을
나와 결별을 준비한다

민낯으로 떠돌며
바람의 거처가 되어도 좋겠다

차 례

제1부

제2부

제3부

제4부

해 설

제1부

본적

푸른 그늘이 자생하는 잎갈나무 아래
잎사귀들이 일렁이는 꿈에서 갈가마귀 울음이 들린다
산허리를 돌아온 바람의 혀끝에서 단내가 난다
햇살을 머금은 초록 잎들이
물방울을 헛꽃처럼 매달고 영역을 넓혀 간다
오솔길로 접어든 이끼의 발소리가 가까워진다
오두막 안으로 들어선 노파는
치마폭에 담긴 푸성귀를 가마솥에 넣고
잔솔가지를 모아 아궁이에 불을 지핀다
이글거리는 불의 아가리 앞에
마른 가지에 기댄 청태가 먼지처럼 고요하다
아이를 끌어안은 핏줄이 온기를 쬐고 있다
물도 햇빛도 과분했던 시절
극한의 땅에서 살아남은 조상은
눈물 마르지 않는 이끼류였을까
옥토를 일궈 다른 생을 적셔 주는 음지식물들
어머니 배 속처럼 포근한 풀 냄새
눈 뜨면 굴뚝을 타고 사라지는 연기처럼
이끼류의 본적은 어디에도 없어
잎갈나무 아래 잎들은 무른 옹알이를 그치지 않았다

병은 있고 꽃은 없다

꽃을 꽂아 본 적 없는 너는
물먹은 머릿결을 만지작거리며
비어 있는 병을 보며 중얼거린다
왜 꽃이 없는 거지
시든 꽃들이 빠져나간 자리에
빛을 투과한 실루엣이
병 안에 꽂혀 묻는다
물이 죽어 가고 있어, 엄마
물을 갈아 주며
너를 오래 꽂아 두고 싶다는 말이
부풀었다 사그라진다
넌 유리병이지
단단한 척 깨지기 쉬운
가슴에 스미지 못한 눈빛으로
잎을 틔우고 꽃을 데려올 수 있겠니
엄만 나비를 부를 수 없단다
마르지 않는 머릿결을 퍼덕이며
물기를 털어 내는 아이
물을 꽂고 나비를 심어 볼까
목을 늘이고 데굴데굴 웃는 몸에 초록이 돋는다

향기는 가려움 속에서 태어난대
흩어진 숨소리로 피어나 출렁이지 않는 웃음
아프다고 말한 적 없어
깔깔거리며 꽃을 꽂아 본 적 없어
넌, 병을 바라보는 것으로 꽃을 완성한다

토우

앞치마를 두른 채 소파에 묻혀
리모컨으로 티브이 속 곰을 불러내는
진화된 지하 돌방무덤

긴 잠에서 이탈한 적 없는 꿈 한 마리
먹이를 찾아 화면 속 강가를 어슬렁거린다

막 태어난 햇살이 이마의 흙을 털어 내며
무덤 밖으로 걸어 나온 천년을 낚아챈다

살진 물고기를 든 포만의 미소
버둥거리는 먹이를 놓치고
빈손을 들여다보는 가장의 눈빛
무게를 이기지 못한 강물이 범람한다

잠자던 꽃병을 깨워 식탁을 장식하고
여자가 마지막 연어를 요리하는 동안
유속에 휩쓸리는 비명
천년을 견뎌 온 가장의 허기가 급물살에 휘청인다

>

겁먹은 눈빛들을 끌어안고
주저앉은 가슴에 억겁이 내려앉는다

아무 일 없다는 듯 부장용 굽다리접시를 핥으며
주술을 외우는 달빛
그림자 하나 보이지 않는 교교한 무덤에
가장은 끝내 나타나지 않았다

잠든 영혼들의 소식을 물고 시공을 건너온 까치
천년 잠에서 깨어난 꿈이 사냥을 하거나 밥을 짓는데
미처 발굴되지 못한 곰들의 가족사
토굴 속 인형들의 설화가 부스스 깨어난다

모션현혹이론

어쩌다 얼룩을 들여놨군요
온순하게 풀을 뜯던 계절을 지나면
어슬렁거리는 야생의 냄새를 맡게 되죠

치료는 단순합니다
얼룩이 어디서 왔는지
언제부터 시작되었는지 되짚어 보세요

눈을 감고 동물원에서 보았던 얼룩무늬를 불러 보세요
처음 본 무늬는 어땠는지 언제 가슴이 뛰었는지
흰색과 검정 중 어느 것이 먼저였는지
서로 먼저라고 우기는 모습이 회색으로 보일 때는
그냥 웃어 주면 됩니다

우울한 날에는 얼룩무늬를 걸치고 외출하는 것도 한 방법이죠
줄무늬는 날씨에 민감하니까요
굵거나 선명하게 혹은 가늘고 희미하게 바뀌는
마치 시각을 교란하기 위한 모션현혹이론처럼
온기란 누구를 만나냐에 따라 달라지죠

>

검은색은 흰색보다 온도가 높다고 합니다
죽으면 더 깊어지는 사랑처럼 말이죠

선생님, 그런데 이 말은 언제 멈추죠
말에게도 먹이와 휴식이 필요하지 않겠어요

그제야 정신과 의사는 말을 멈추었다

검은 바지에 하얀 가운을 걸친 얼룩말
거침없이 달려와 표류 중인 보호색
갈기를 세운 열기가 주춤거리다 숨을 고른다

기일 산책

인적이 끊긴 재개발구역
길은 마을 어귀 느티나무에서 시작된다
언덕 아래 계단을 내려가는데
녹슨 대문 앞에 밥과 나물 조기 세 마리가
가지런히 누워 누군가를 기다린다
향 타는 냄새가 보폭을 늘려 따라붙는다
문이 열리고 하얀 보퉁이 하나가 실려 나온다
젯밥에 누가 다녀갔는지 골목에 밥알이 흩어져
발 딛는 곳마다 서늘한 기운이 뒷덜미를 당긴다
비상구처럼 깜박이는 불빛을 따라
단숨에 내려온 곳이 출구인 줄 알았는데
무덤 속처럼 캄캄한 지하
길이 끊긴 곳에 유모차인지 의자인지
누가 잠깐 자리를 비웠을까
쉿, 부스럭거리며 누군가 앉아 있다
가는 빛줄기가 소주병과 옷가지들이 담긴
비닐봉지를 지나 폐목 위에서 흩어진다
벽에 기대 물끄러미 쳐다보는
낯설지 않아 낯선 자전거 바퀴
미궁 속을 헤매며

탈출구를 찾지 못한 바람처럼 허둥대는데
톡이 울린다

당신의 기일입니다

입구도 출구도 보이지 않는
기일과 마주 앉아 술잔을 기울인다

서베리아*

긴 목과 우아한 걸음걸이
이목을 집중시키기에 충분했으나
이국의 고단함을 짊어진 시베리아**는
겨울과 여름 사이 심하게 흔들렸다

얼었던 뿌리를 깨워 보송보송한 흙으로 이주했는데도
풀어내지 못한 향수에 좀체 뿌리 내리지 못했다
갈아입은 화분에서 화목하지 못한 눈초리
보이지 않는 실금이 매섭게 번져 갔다

성에 낀 창이 햇살을 차단하자 물컵에 살얼음이 끼고
목소리에 가시가 돋던 아이
미간에 맺힌 화가 밥상의 고요를 무너뜨린다

한 치 속내도 알 수 없는
앙가라강*** 유역의 혹한
영하 40도로 휘몰아치는 DNA가 새겨져 있다

뼈 속까지 치미는 냉기가 신열로 붉게 부풀어 오른다
제 몸의 단단한 껍질을 오도독 깨 먹은 뒤

알약 같은 순백의 향기는 부스스 기지개를 켠다

연록의 잎을 둘둘 말아 올리는 해빙기의 아침

알리샤나 안나는 늑대 울음이 숨 쉬는
자작나무 숲 작은 마을을 떠올리며
안녕, 두고 온 기억 하나를 지운다

* 서베리아: 시베리아처럼 추운 서울.

** 시베리아: 백합과 식물.

*** 앙가라강: 러시아 연방 중부의 남동 지역을 흐르는 강.

뒤를 캐다

디딤돌도 장대도 없이
공중 부양된 눈빛이 먹장구름을 겨냥하면
날씨가 서둘러 울음을 터트린다

허공 깊이 묻어 둔 비밀을 감지한
흘겨보는 눈에 불이 켜진다
오감이 우르르 달려가
냄새를 파헤쳐 뿌리까지 들춰내고
비 갤 때까지 물고 늘어진다

그믐 달빛이 호수의 내력을 캐느라
버드나무 그늘에 숨어 두리번거린다
한 꺼풀씩 드러나는 투명한 속내
잡히지 않는 무성한 소문인 척
유유히 헤엄쳐 다니던 잉어들
굶주린 눈빛을 피해 부들 숲으로 파고든다

히죽히죽 냄새를 맡느라 허공에 코를 박은 수캐
물어뜯긴 노을이 머리를 풀어 헤친 채 뚝뚝 떨어진다

>

꼬리를 밟혀 제 속을 환하게 들켜 버린 달

핏빛 허공에 안겨 어깨를 들썩이며 살쾡이처럼 운다

사과밭에서 사과를 묻다

폭우가 할퀴고 간 과수원 길을 간다
멍 든 몸을 햇살에 굴리다 물방울을 머금은 사과
우두커니 변명처럼 살랑이는 날씨를 바라본다

수줍은 귀로 사과라는 말을 들어 봤을까
손을 오므려 받은 사과
마음 델까 허공에 날려 보낸 열꽃이
얼룩진 날들과 뒤섞인다

땟자국 속에서 꽃잎을 보듬던 상처
외눈박이 괴물처럼 쑥쑥 자라던 눈빛이 박혀 있다
가지에 가지를 치는 웃음은
사과가 썩을 때까지 사과를 그린 손*을 기억할까

우레라는 뭇매에 길을 잃어버린 사과가
끝내 사과로 남으려는 듯 부러진 가지를 움켜쥔다

터벅터벅 빛을 향해 걸어오는 나무
긴 그늘은 밤새 저항한 흔적
잎들은 언제든 밟힐 수 있는 여지를 지운다

>

추락한 사과를 일으켜 세우며
목이 아프도록 사과를 외쳤지만
통점을 찌르는 풀벌레들의 울음뿐
끝내 사과다운 사과를 만나지 못했다

* 40년 동안 사과를 그린 폴 세잔.

해의 염색

바람에 몸을 비비는 샛강 물억새가 운다
아직 내줘야 할 것이 남았는지
이른 봄볕에 희디흰 물결로 사그랑 사그랑 몸 헹구어 낸다

하얗게 바래 가는 계절 너머 아직 당도하지 못한 곳
가 보지 않은 길 위 꽃잎은 무슨 색으로 돋아날까

투석 중인 당신의 희멀건 모습이
억새들 사이에서 실루엣으로 핀다

긴 투병에 여윈 살빛과 가물가물한 기억
듬성듬성 남아 있는 희끄무레한 머리칼
물억새를 닮기 위해 얼마나 더 비워 내야 할까

식어 가던 피돌기가 햇살에 씻기어
맑은 물소리로 심장이 뛸 수 있다면

병상에 누워 희미해져 가는 눈빛을
차마 마주할 수 없어 표정을 다독이는데
마른 가슴에서 물억새가 운다

>

암술 수술이 도란도란 물들어 가는 소리
깊어져 환한 빛에 이를 때까지
물억새 울컥울컥 울음 쏟아 놓는다

물소리에 가만히 마음을 뉜다

초롱아귀

숨을 멈추고 수면 아래로 느리게 헤엄쳐 간다

죽은 이들의 혼이 모여 사는 심해 골짜기
불을 밝히지 못한 조상을 찾아가는 길

검푸른 물결을 타고 오르내리는 지느러미
먹잇감을 감지한 포식자의 눈빛이 좁혀 온다

그림자 우거진 그늘에 물풀이 흔들린다
미간 사이를 좁히고 촉수를 밀어 올려
날카로운 식욕을 따돌린다

마을에 불을 밝힐 수 있을까

추격하던 독 오른 입들이
머리에 초롱을 켜고 매복으로 유인한다
수초로 위장한 몸짓에 놀라 접지력을 잃은 발
적의 충혈된 불빛에 미끄러진다

죽은 채로 먹잇감이 될 수는 없는 일

>

지느러미를 내어 주고 꼬리가 뜯긴 몸으로
마을 어귀에 다다랐을 때
장승처럼 서 있는 어둠 속 등대
눈을 부릅뜨고 포효하는 늙은 아귀
머리부터 삼키려는 목구멍 앞에서 버둥거리다
정신을 잃었다

이마 위 초롱이 사이렌처럼 울부짖는 밤
죽음의 계곡을 답사 중이다

네 말은 어쩐지 모호해

배고프다는 말에
정말 배고픈 거야, 물으며 고구마를 굽는다

속내를 알 수 없는 말이
침샘을 자극하며 익어 간다

되묻는 말에 긍정도 부정도 아닌 눈빛
피식 웃는 의중을 알아채지 못해
표정을 살피는 동안

좀체 속살을 드러내지 않고
혼자서도 잘 노는 꼬리 잘린 말

애매한 말들은
입에 닿기 전 녹아들거나
뜨거워서 삼킬 수 없다

맛있는 대화는
아귀가 맞지 않는 행간에서 시작된다

>

통통하게 부풀어 오른 생각이
노릇노릇 익어 갈 때
정말 배고파진다는 걸 알까

손을 잡고 마주 보면
비로소 달큼한 웃음이 보인다

군고구마 속 같은 쫀득한 말을 베어 문다

그 많던 뿌리는 어디로 사라졌을까

스치기만 해도 뿌리 내리던 때가 있었다

꽃이든 말씀이든 허공이든

꺾어 물병에 꽂으면 머지않아

희끄무레한 뿌리가 꼬물거렸다

물이 줄어드는 만큼 왕성해지는 호흡

뿌리가 꽉 찬 수국을 화분에 옮겨 심은 뒤

우듬지가 무너지고 잎이 시들어 간다

넌지시 바라보며 물을 밀어내는 뿌리

관절이 비틀리며 신음한다

물에 비친 허공

>

뭉툭뭉툭 삽목해 놓은 구름

비가 되는 법을 익히다가

뿌리 없이도 꽃 피우는 법을 알았을까

매인 데 없이 나부끼는 꽃잎들

뿌리를 찾겠다고 흘려보낸 날들이 부유한다

화살표를 따라서

장미원 입구에서 만난 화살표는
암석원 앞에서 왼쪽을 가리킨다
호수에서 오른쪽으로 꺾어 계단쯤 왔을 때
화살표가 갑자기 두 시 방향을 가리킨다
땀을 닦으며 터벅터벅 걷는데
서어나무 아래 있던 화살표가
이번엔 왼쪽을 가리킨다
뭐야, 왜 이렇게 복잡한 거야
일행 중 B가 주저앉는다
똥개 훈련도 아닌데
멀다고 투덜거리던 C는
포기하겠다고 뒤돌아선다
묵묵히 앞서가던 A가 조금만 힘내 보자며
두 사람을 다독여 다시 걷는다
도대체 장미는 어디 있는 거야
이 길 말고 다른 길은 없냐고
주저앉았던 B가 묻자
투덜거리던 C가 지름길을 찾아
동상이 보이는 쪽으로 사라진다
길을 헤매느라 지나친 호수와

암석원의 야생화가 아른거리는데

장미를 볼 수 있을까

다리를 건너 수국이 흐드러진 길을 가도록

지름길을 찾아간 C가 돌아오지 않는다

여기까지 오는 동안 무엇을 본 거지

장미원은 있는 걸까

화살표는 휴게실 쪽을 가리키며 말이 없다

코호트 격리

먼지를 뒤집어쓴 토트백과 마주쳤다

잊고 지낸 날들을 열어 안부를 묻자
기다렸다는 듯 손때 묻은 이야기들을 쏟아 낸다

땀방울이 냄새로 고여 각을 잃고 널브러진 손수건
오피스텔 홍보용 휴지, 꼬장꼬장한 검정 볼펜
선물받은 손거울, 끄적이다 접어 둔 메모지
한쪽 끝이 뭉툭한 이쑤시개, 동전 몇 개

작은 주머니 속에서 서성이던 립스틱
맨 나중에야 뚜껑을 탈출한 분홍이
입술과 볼에 갇혀 있던 심정을 고백하며 거울 속을 누빈다

침울한 표정이었다가 지긋이 웃는 모습이었다가
굼실굼실 사연을 품은 가방은
입 꾹 닫고 어떻게 견뎠을까

격리 중인 립스틱과 내통하다 들켜 버린 날
멀거니 바라보던 햇살이 뭉그적뭉그적 다가온다

스페어 단추

셔츠 아래 단추가 떨어져 나갔다
목 부분은 없어도 될 것 같아
그걸 떼어다 아래쪽에 단다
단추가 없는 목 부분이 늘어져
소매에 있는 걸 떼어 다시 목에 달아 준다
단추가 없는 소맷귀를 걷고
외출했다 들어온 날
깃이 우그러져 울상인 채 옷을 벗는데
옆구리에서 반짝이는 앵두만 한 단추
근심 어린 어머니 표정이 스친다
여섯 남매를 키우며
실꾸리와 단추통을 끼고 살았던 어머니
고만고만한 자식들이 툭하면 달아나
소식조차 알 수 없을 때
눈꺼풀 아래 어둠이 짙어 갔다
도망치면 잡아다 앉히기를 반복하는 동안에도
단추 하나 달 줄 모르던 자식들은
어머니 속이나 뒤집을 줄 아는 맹추들이었다
단추를 달다 말고 어머니 옆구리를 뒤진다
볼이 발그레한 아이 손이 따뜻해진다

제2부

아모르파티

종달리 바닷길, 목줄을 매달고 눈을 뜬 채 식어 갔죠 벙글지 못한 소리로 늘어지는 꽃잎, 꺾인 수국은 푸들의 눈망울을 닮았죠 주워 온 푸들을 깨우는 건 어렵지 않아요 몇 겹의 터널을 건너왔듯 잠잠히 물을 곱씹으면 희멀건 얼굴에 생기가 돌죠

아모르파티, 웃어야겠어요 푸들을 앞세우고 꽃길을 가요
외로운 바람처럼 휘몰아치는 축제 몽글몽글 하늘이 날아요
꽃인지 눈물인지 눈앞을 가려요 어디선가 캐럴이 쏟아져요
유월의 크리스마스, 이중국적을 즐겨요

거품처럼 떠다니다 만난 우리 파도에 봉오리가 사라질 때마다 어둠을 덮고 누워 비눗방울 심폐 소생술을 생각했죠 컹컹 말을 걸어오는 꽃잎의 눈빛, 지루하지 않아요 제 몸을 들이켜 한 계절을 살아 내는 수국 다시 일어나 걸어가요

아는 듯 모르는 듯

고비를 고사리라고 우긴 적 있다
맛이나 효능 따위로
골머리를 앓을 필요가 없었다

역 근처에서 점심 약속을 한 그가
갈색 모자를 눌러쓴 채 빠르게 나를 비켜 간다
지하에서 놓친 그를 찾으며 머뭇거리는데

이곳이 입구인지 출구인지
도대체 당신은 출구 쪽입니까 입구 쪽입니까
우리는 한 번쯤 일치한 적 있습니까

아는 듯 모르는 듯 우겨 가며
호로록 육개장 국물을 마시는 동안에도
몇 번씩 어긋나던 말들

당신은 녹차를 나는 커피를
일치한 적 없는 후식을 주문한 후

마주 앉은 눈빛을 지긋이 바라본 적 있었나

>

고사리를 고비라고
고비를 고사리라고 우기며 고비를 넘는
우리는 누구입니까

혼자만의 놀이에 집중합니다

하늘을 올려다봅니다
주름진 번데기니까요
등줄기 마디에 크고 작은 발자국 술렁입니다
오르거나 내려가거나, 층층이 별빛 돋던 밤
유충과 성충 사이에서 미끄러지는 꿈을 꿉니다
날개를 흉내 내며 무너질 뻔한 관절은
일어나기 위해 꿈틀거리는 통증은
막 피기 시작한 꽃잎을 잃은 애인입니까
외출을 서두릅니다 집을 떠나서도
기하학무늬를 가진 꿈을 떠올리며
하루를 소진합니다
포복의 자세를 얼마나 더 견뎌야 날 수 있을까요
굽 높은 발소리, 또각또각 노크하듯
낯선 콧노래가 옥탑방으로 귀가 중입니다
앞서가는 치맛자락을 힐끗거리던 눈빛
뒤꿈치가 서늘했던 하루를 접고 내일을 펼니다
모두 빠져나간 문턱에 바람이 앉았다 가는 소리
혹은 무수한 흔적들
냄새와 향기 사이에서
한 걸음씩 오르다가 죽은 척하는

밤새 등을 켜고 지상에 도달하기 위해
딱딱하게 부풀고 있는 밤입니다

어떻게 해야 우는 것일까

나의 울음을 바라보던 그들이 물었다
웃는 거야
빙그레 울다가 깔깔거렸다
정말이지 웃음이 날 정도로 울었는데
그들은 표정을 바꾸어 누구는 눈을 치켜뜨고
누구는 이마를 들이대고 물었다
정말 웃는 거야
긴 가풀막 지나 절벽 앞에 섰을 때
깜깜한 숲과 비릿한 냄새가 앞을 가로막았다
몸속에서 물소리가 출렁거렸다
잠시 잊은 울음을 건네주며 그들은 다시 말했다
울어야지
웃지 말고 울어 보라니까
먹구름보다 내 울음보가 먼저 터졌다
이제 정말 우는 거야
말을 마친 그들 앞에서 마지막 눈물을 비워 내자
젖은 몸에서 웃음이 실실 새어 나왔다
몸이 가벼워져 보송보송 마르고 있을 때
그들이 마지막으로 물었다
아직도 웃는 거야

그때 슬픔을 허물어 버릴 듯한 웃음이 쏟아졌다
나는 내게 물었다
나, 정말 웃는 거야?

그늘이 익기 전의 일

양말을 벗는다
구멍 난 하루를 입고 똬리를 틀고 있던 엄지발가락
오른쪽과 왼쪽 기울기가 달랐다

남자는 밥 달라고 눈을 부릅뜨고
그녀는 파란 페디큐어에 집중한다

두 개의 기울기는 두 개의 숨소리로 태어나
온몸을 비틀며 각을 세웠다
순한 버선코 같은 생각들이 무참히 밟혔다

캄캄한 시간을 헤엄쳐 오는 동안
누굴까, 무임승차를 노리는 불손한 승객은

아무도 모르게 몸을 공유하는 아귀들처럼
악몽이 스멀스멀 기어오르는 것처럼

꼬리를 물리기 전에 방향을 바꿔야 했다
발등을 찍을 때마다
상처는 분열의 습성이 있다는 걸 알았다

>

안개가 걷히자 돌무더기가 드러났다

누군가의 무덤을 본 후에야

바람이 쉬어 갈 자귀나무 그늘을 키우기 시작했다

거룩한 독

감자를 깎는데 곳곳이 패어 있다
서늘한 기운이 도는 움푹한 곳에서
움찔, 칼이 멈춘다

칼 앞에서 움트던 시간들이
꼬물꼬물 고개를 내민다
독기를 도려내려던 칼끝이 수긋하게
발자국 같은 그늘을 본다

허방은, 허방일 뿐이라고

수없이 꺾이고 미끄러지던 날들은
어쩌지 못해 독을 쟁이는
시간이었을까
다짐 같은 것일까

독이 살갗을 뚫고 스멀거린다
그 속에 생명 하나씩 품고
치명적 향기를 내뿜는다

>

발가벗은 독은 얼마나 거룩한 것이냐
제 허물로 지키는 목숨은 얼마나 모진가

어린것을 품고
살아남은 자리가 쭈그러진 채
정물처럼 고요하다

독이라고 내던졌던 두엄 더미에서
고물고물 움트는 소리 들린다

감자를 깎는 일은
독의 옹알이를 듣는 일
막 눈뜬 아이에게
젖을 물리는 일처럼 고즈넉한 일

담배 한 개비의 자세

담벼락에 기대 담배를 문 늙수그레한 남자

러닝셔츠 차림으로 앉아

고요히 녹슨 폐선을 따라간다

보급품을 실어 나르던 바퀴는 멈춘 지 오래

아이가 양손을 벌린 채

넘어질 듯 철로를 밟고 온다

반가 사유의 자세로 앉아

갈래머리 아이 미소에도

강아지풀이 꼬리 치며 발등을 핥아도

눈 닫고 귀 닫아 묵언수행 중

>

철길 너머 사바의 길을 가느라

담배 불붙이는 것도 잊었다

알밤휴게소

우리는 잠시 팔짱을 끼고 서 있다
기울기가 다른 당신과 한곳을 바라보면
모처럼 대화를 완성할 수 있을까
날씨를 관망하며 표정을 살피다가
창 하나가 있는 동굴을 찬찬히 들여다본다
알밤에 깃들어 사는 동그란 입술
눈을 치켜뜨고 무어라 말할 것 같은
민낯이 드러나는 단단한 침묵
컴컴한 저 기억 속으로
감쪽같이 사라져 버리고 싶지
살과 살 사이
닿지 않을 만큼의 간격으로
조용히 웅크리고 있는 벌레가 부럽지
우리를 보고 놀란 계절을 우러르며
잠시 쉬어 볼래
익숙한 동작으로 아직 찔릴 곳이 남았잖아
실오라기 하나 걸치지 않은 몸으로
밤송이 타고 폴짝 미끄러져 볼까
가시는 가시로 말하지 않는
깊숙한 방이 필요해

토실토실한 눈빛은 길들일 모서리가 없지
생 하나를 다 파먹은 뒤에야
느릿느릿 오는 저녁을 맞이할 수 있지

소리를 따라갔다

방울꽃이 줄지어 있는 대학병원

양 목과 겨드랑이
비장 사이 방울이 보이나요
종양학과 교수는 영상 속 몸 곳곳을 짚어 주었다

암호 같은 병명을 받아 들고
꽃밭을 일궈 주겠다던 그의 약속을 생각했다

밤낮으로 공사장을 전전하는 동안
바람은 언제부터 그의 몸을 들락거렸을까

혈액을 타고 돌던 작은 씨앗이
꽃밭이 채 일궈지기도 전에 싹이 되고
꽃대궁을 올릴 때까지
그는 난장에 몸을 열어 놓고 살았다

방울이 몸을 불리는 동안
그는 뿌리 내릴 한 줌의 땅을 찾느니 스스로 흙이 되어
꽃밭을 일구는 일이 더 시급했을지도 모른다

>

태풍이 지나간 뒤
소리는 닫혀 있고 적막만 환하다
계절 없이 꽃 피우려던 열망이 이불에 얼굴을 묻고 있다

통증이 낭창낭창 봄으로 번져 간다

팝콘 브레인*

눈뜨면 함께한 사랑초 이름이
입에서 맴돌다 사라져요
사랑을 앞에 두고 이름이 뭐냐고 물어요
뭐였더라 뭐였더라 중얼거리는데
발아래 바퀴벌레가 힐끔거리며 지나가요
눈빛이 마주친 순간
머릿속에 무언가 스멀거리기 시작해요
어떻게 캄캄한 바퀴의 눈빛을 읽을 수 있는지
잊었던 이름이 줄줄이 생각날 것 같아요
까만 꽁무니를 따라가면
어디쯤에서 흘려 버린 사랑도 찾을 수 있을까요
베란다 난간에 기대 혼잣말처럼 적막한데
쉿, 어디선가 팝콘 터지는 소리 들려요
몸이 활활 달궈지며 입에 군침이 돌고
누군가 손을 내밀어요
생각나지 않는 차가운 얼굴을 따라가요
꽃잎 사이 바퀴의 흔적은 어두운데
덜거덩덜거덩 팝콘처럼 튀겨지는지
부풀어 오른 그림자가 거실 깊숙이 뻗어 와요
벌레의 까만 눈빛은 어떻게 새순을 닮은 거죠

아무래도 잠을 좀 자야겠어요

* 팝콘 브레인: 팝콘이 터지듯 크고 강렬한 자극에만 뇌가 반응하는 현상.

미선나무 숲

유복자를 낳아 기르며 사는 게 무엇인지 조금 알 것 같았다 잘 자란 네가 입대 후 어미는 맨발로 가시밭을 걷는 심정으로 허전함은 사치라고 생각했다 낮에는 들녘에서 하루가 모자랐지만 날이 저물면 혼자 있는 오두막이 불편했다 그때부터 정든 산골이 무서워지기 시작했다

부엉이가 울어 대는 음산한 밤에는 잠을 이룰 수 없었다 동트기만을 기다렸다가 다음 날 오일장에 나가 큼지막한 남자 신발 한 켤레를 사 왔다 신발집 주인이 묘한 눈빛을 흘리기도 했지만 어미는 신경 쓰지 않았다 앞마당 두엄을 묻혀 저녁이면 댓돌에 신발을 올려놓곤 했다

첫 휴가를 나온 너는 어미 신발과 나란히 놓여 있는 남정네 신발을 보고 문 앞을 서성이다 돌아갔다지 네가 무슨 생각을 하며 발길을 돌렸는지 어미는 모른 채 밤이면 그 짓을 되풀이하곤 했다 그런데도 산짐승 울음은 낯선 남정네 신발 따위는 아랑곳없이 꾸역꾸역 가슴을 파고들더구나

달빛은 또 어쩌자고 창을 뚫고 들어와 피 한 방울 없이 가슴을 찌르는지, 언제부턴가 어미를 바라보는 네 눈빛이 예

전과 다르다는 것을 알았다 너는 어미가 무슨 말인가 해 주기를 바랐으나 어미는 할 말이 없었다 한동안 너는 어미 곁을 떠났고 그 후 돌아와서도 어미에게 데면데면했었다 네가 왜 그러는지 몰랐지만 그냥 모른 척했다

언젠가 앓아누운 어미의 집 정리를 하다 벽장 속 신발을 보고 너는 가슴을 치며 통곡했지 아들아, 아파하지 마라 아비의 부재를 채워 주지 못한 어미가 아프고 아파해야 한다 기억 밖으로 사라지는 것들이 슬픔이라면 툭툭 떨구어 미선나무 아래 묻어 두자 뿌리를 적시는 눈물의 힘으로 나무는 푸르게 숲을 채울 것이다

쿠키는 어쩌다 쿠키가 되었을까

통화 중이던 전화기 속에서 쿠키를 부르는 소리가 들린다 고소한 냄새가 랜선을 타고 온다

쿠키가 궁금해요 쿠키가 오븐에서 어떻게 탈출한 거죠 갓 구워진 쿠키 맛은 어때요 쿠키가 킁킁거리며 냄새를 맡는다고요 함께 밥을 먹고 대화하고 오, 컹컹 울기도 한다고요 아침 6시면 깨워 주는 껌딱지 같다는 쿠키, 거기 쿠키 소리 좀 들려줘요 쿠키가 당신과 잠버릇이 같다고요 세상에 없는 쿠션이라고요 뭐라고요, 쿠키가 강아지라고요 잘 구워진 쿠키색과 닮아서 쿠키라고요 당신의 쿠키는 어디서 구운 거죠 그 쿠키 얼굴 좀 보여 줘요

쿠키의 옆모습이 클로즈업된다 그녀를 닮아 순한 것이 누가 쿠키고 누가 그녀인지 볼수록 달달해지는 쿠키, 자꾸만 그녀의 쿠키가 생각나 오늘은 쿠키를 구워 볼까

층층나무 딱새

새들의 맨발이 닿을 때마다
허공에 초록빛 음이 튀어 오른다
말갛게 우듬지까지 차오르는 관계는 늘 절창이다
진실한 언어는 궤도를 벗어나지 않고
밤사이 부풀어 오른 악보는 부리 끝에서 기록된다
부리의 전생이 박혀 있는 꽃잎
한 몸이었던 울음이 탯줄로 붉어지고
군데군데 날아간 흔적은 서로에게 무심한 표정을 짓는다
오후 2시의 기억을 찾아 등을 굽히는 그늘
서늘한 기운이 손에 잡힌다
바람이 불지 않는 날에도 깃털은 날려
울음 속에서 소스라치는 꽃잎의 입술이 파랗다
잎과 부리의 경계가 지워지는 바람의 입질
새들은 뿌리를 향해 발을 뻗는다
최초의 잎사귀는 부리에게 나는 법을 가르쳤을까
바람에 달궈진 계절이 수평선으로 흘러간다
목덜미에 층층 감기는 울음
나무를 눈 뜨게 한 죄로 서로의 속내를 수혈한다
가지를 길게 늘어뜨려 마른기침을 깁느라
동산을 떠나는 푸른 귀, 길 없는 길 위로 날아간다

붉은 오리

불온한 말을 가까이 들여다보면
어둠을 휘젓던 붉은 발이 보이죠
간밤에 쏟아 낸 말들이 해장 속 통증처럼
뿌리를 내려 엉겨 붙고 있어요
영문도 모른 채 갓 태어난 오리
불시착한 말들을 주워 먹으며
눈가를 맴돌고 있어요
투명한 발이 얼음빛을 닮아
깃털이 흔들리고 있네요
부글거리는 거품 때문에
언젠가 날 수 있겠지만
그건 결국 추락이라며
길 잃은 날개 퉁퉁 부어올라요
침묵 너머 새끼 울음이 뜨거워요
거품 아래 고여 있던 소리
어미가 살던 가슴 깊은 곳
어미는 아기 오리를 만날 수 있을까요
물이 차오르는 호수 가장자리
차랑차랑 맑은 울음
순한 눈망울이 새벽을 끌어당겨요

비의 자세

허공을 횡단하던 빗방울이 모여 집을 짓는다

계절 아랑곳없이 질척이던 곳
터를 보는 동안 하루살이들이 에워싼다

발등 위로 차올라 뼈 속까지 스미는 기운
지붕 없는 집이 아늑하다

오래된 담벼락을 지나 샛길을 가며
길섶 풀잎의 모양대로 담기는 자세

웅덩이가 연못이 되고
연못에 하늘을 담는 공법
기둥 없는 집들이 번져 들판을 기른다

방 한 칸 없이 떠돌던 기억이
지상의 낮은 집에 머문다
고물고물 물의 방에 눕는 흰 꽃잎들

하늘에서 땅을 바라보는 비의 움직임
낮은 곳으로 배밀이하는 비의 건축법이다

제3부

그림자처럼 캄캄한
―코로나 블루

비가 오는 걸까요 물소리가 들려요 시계는 2시를 가리키는데 밤인지 낮인지 모르겠어요 물이 먹고 싶어 소파에서 몸을 일으키자 으스스 바람이 일어요 탁자에 있던 주전자가 보이지 않아요 창밖에 검고 흰 차들이 죽은 듯이 서 있어요 사방이 고요한데 빗소리는 그치지 않아요 그곳에 비가 오나요 이곳은 꽃이 피고 햇살이 환해요 그곳에 왜 비가 오는 거죠 거기 누구냐고 묻고 싶은데 소리가 나오지 않아요 맨발로 차 사이를 휘젓고 다니던 그림자가 사라졌어요 물소리가 멈추지 않는 이곳은 어디일까요 몸이 가벼워졌는지 달그락거리는 소리가 들려요 주전자를 어디서 찾아야 하는지 비는 왜 내리는지 모르겠어요 모처럼 잠에 젖은 수요일은 낮인지 밤인지 가슴 캄캄한 그림자도 두통을 앓는 걸까요

자작나무 묵화

저녁 숲에 상처가 그려 낸 풍경이 즐비하다

나무 1
묵정밭에서 일을 마친 누렁이 순한 눈빛이
주인을 바라본다

나무 2
고양이가 웅크리고 있는 담장 아래
입술 시퍼런 아이가 훌쩍이고 있다

나무 3
골목을 돌아 나온 털북숭이 강아지가
석류나무집 대문을 밀고 들어간다

나무 4
노을을 끌고 오는 아버지 등에
비릿한 어둠이 꽂힌다

나무 5
늦은 귀가를 서두르는 박새 울음이

길을 내어 주던 허공을 적신다

나무 6
벌레 먹은 상처 한 잎
철제 의자에 누워 일어날 줄 모른다

가지 사이로 홀연히 스며들어 여백이 되는 달빛

춤추는 칸나

발코니 난간에 선 꽃잎
벼랑인 줄 모르고 천 길 허공에 날개를 편다
아슬아슬 춤추는 고도
날 좀 봐 주세요
생방송에 실려 바람을 탄다
스릴 속 춤사위
괜찮니
사랑한다던 남자가 카메라를 들고 물었지만
괜찮아, 사랑은 위험한 거잖아
공중의 날개들은 추락해도 안전하지
가느다란 봉에 매달린 붉은 깃발처럼
예고된 추락이 실시간으로 중계된다
마지막 눈을 감는 것으로
푸른 잎의 유서가 완성되던
별스럽지 않은 날
붉은 꽃잎을 물고 허공에서 버티던
설명할 수 없는 시간처럼
비명도 없이 칸나의 계절이 오고 있다

브로콜리

당신은 브로콜리를 데치라 하고 당신의 어머니는 찌는 걸 원하죠 딸아이는 흐르는 물에 몇 번이고 씻어야 한다며 호들갑을 떨죠 찌는 걸 생각하다 데치는 걸 잊고 데치는 걸 생각하다 씻는 걸 깜박했어요 그때 동산 같기도 하고 초록 구름 같기도 한 것이 물속을 헤매는 기억 어디쯤 떠다녀요 멍하니 창밖 쥐똥나무 울타리 노란 부리를 보고 있을 때 등 뒤 따가운 시선이 그물코처럼 덮쳐 와요 제 생각에 골몰하는 동안 브로콜리는 싱크대에 엎드려 조용하죠 식초 서너 방울 넣은 물에 브로콜리를 적당히 흔들어 주면 불순한 생각이 사라질 거라 믿었어요 어두워질수록 선명해지는 직박구리 울음, 싱싱한 말들로 차린 밥상은 어떤 맛일까요 창밖에 어정쩡한 진초록의 표정이 보여요 파열음이 날리던 습한 기운이 걷히면 우리 경쾌하게 브로콜리를 먹을 수 있을까요 데치지도 찌지도 씻지도 못한 저녁이 서로를 물끄러미 바라보고 있죠 물소리가 사라진 어둠 속에서 키득키득 시퍼런 웃음이 몰려다녀요

녹두밭

막 걸음마를 시작한 아이가 비틀비틀 밭둑길을 걸어온다
파랑새가 푸덕이는 고랑에 묻혀 풀물로 번져 가는 어머니

녹두잎 사이 아이의 조막손이 용케도 바랭이를 찾아낸다
아이를 안고 구부러진 어미 등에 봄볕이 쏟아진다

새야 새야 파랑새야 녹두밭에 앉지 마라……
넋 나간 듯 읊조리던 어미가 볕에 달궈진 호미를 들고 사라진다

내 새끼 내 새끼 이쁜 내 새끼
도닥이던 어미가 보이지 않자
파랗게 질린 아이가 자지러질 듯 운다

독새풀죽으로 끼니를 이으며
캄캄한 가슴으로 두레박을 내리던 어미
우물물 한 사발로 허기를 달래던 팍팍한 걸음걸음
황톳재 어디쯤 넘고 있을까

동학군의 함성이 고개를 넘는다

곡괭이 대신 죽창을 든 농민들
온 산이 흰 물결로 꽃 핀다
남장의 여인이 호미를 움켜쥔 채 녹두 꼬투리처럼 까맣게 식어 간다

붉은 깃발 펄럭이던 그날처럼
애달픈 울음을 물고 새 한 마리 녹두밭을 가로지른다

원피스

고단한 어제가 흔들의자에 거꾸로 매달려 있다
양팔을 늘어뜨린 채 신음처럼 흘러내리던 갈증이
옥죄었던 몸을 벗는다
가슴의 얼룩과 구겨진 깃
꽃무늬 속에 섞인 절망이 선명하다
잊었던 서러움이 골목을 돌아 나오는지
타박타박 무슨 말을 할 것처럼 빤히 쳐다본다
카페 앞을 지나던 꽃그늘, 나비를 보았을까
발을 헛디딘 허방일 때
낯선 숨소리로 등 뒤에 있던 별
일어서려 해도 날개가 펴지지 않는다
하루를 끌고 다니다 끌려다니다
울고 웃던 실루엣
거꾸로 있던 몸을 세우고 물러서자
주저앉은 몸이 눈을 치켜뜨고
거기 누구세요 물을 것 같은
내가 빠져나간 아침
얼굴 없는 낯익은 허물이
부스스 몸을 털며 다가온다

아트빌 선인장

위장병에 좋다는 손바닥선인장이 도착했다
노모의 근심이 신문에 둘둘 말려
택배 상자에 실려 왔다
거름망을 깐 화분 바닥에 배수층을 만들고
모래흙에 선인장을 앉혀 보는데
기념 날짜를 기록하듯 가시가 손등을 긋는다
정신 차려 이놈아, 나이가 몇 살이여
노모의 눈빛이 가슴에 박혀 따끔거린다
손등에 동그마니 솟아오른 붉은 사막
가시밭길을 돌아 나오는 한숨이
전갈처럼 스멀스멀 심장을 파고든다
모래바람에 고부라진 노구를 심고
지지대도 되어 줄 수 없어
뿌옇게 정지된 화석이 된다
열기 속에서 숨통을 틔우는 푸른 가시
달랑 방 하나가 전부인 집에서
최적의 장소를 찾아 화분을 안고 빙빙거린다
무르지 않고 쑥쑥 자라게 하는 법 없을까
한 줄기 빛을 찾아 눈빛을 번득이며
반지하 창틀에 아트를 전시 중이다

남천

부러진 행거와 빈 박스와 뜯긴 벽지가
아픈 기억을 물고 어지럽게 흩어져 있다

복개천 구제 의류 가게는 닫혀 있는데
어쩌다 홀로 빈 가게를 지키고 있느냐

깨복쟁이 친구 이름을 가진 남천아
〈아이 해브 어 드림〉을 즐겨 들으며
옷 팔던 여인은 어디 갔느냐

처마 아래서 고드름으로 허기를 달래며
홍길동전을 읽던 볼이 빨간 남천아
책장이 닳도록 만지작거리며
얼었던 토방이 녹아 무너지는 줄도 모르고
토사에 흙강아지가 되어 부지깽이에 쫓기던 남천아

빚더미에 오두막마저 내놓게 되자
뒤도 안 보고 야간열차로 서울에 갔다던 남천아
옥탑방에서 굶기를 밥 먹듯 하다가
이역만리 모래바람과 맞서면서도 행복했다던 남천아

>

사막에서도 눈보라 속에서도 살아남아
사시사철 붉은 열매로 새들을 불러 모으던 남천아

꽃향기 부산히 짝을 부르는데
격류를 거슬러 오르던 남대천 연어처럼
지느러미 잎사귀 다 떨군 채 꿈쩍 않는 남천아

봄비 온다
죽었니 살았니, 바람이 흔들고 간다

몬스테라 타노스

생일 선물을 받았다
반짝거리는 잎에 취해
꿈틀거리는 뿌리를 보지 못한 채
깜박 졸았을까
무서운 속도로 뻗어 나온 뿌리가
악몽처럼 슬그머니 고개를 든다
집 안을 점령할 것처럼 진군해 오는 공포
줄기를 타고 탈출을 시도한다
눈앞에 펼쳐진 하늘
허우적거리던 손에 물컹한 것이 감긴다
순간 몸이 하강하기 시작한다
땀범벅이 된 얼굴에 눈물이 포개져
눈을 뜰 수 없다
낯익은 냄새가 뿌옇게 흘러든다
바닥을 확인하고 눈을 뜨는데
내 사진 앞에서 누군가 울먹이며
술을 따르고 있다
잠깐 졸기는 사이
십 년 아니 백 년이 지난 걸까
고목이 된 줄기에 잎들이 팔랑거린다

목을 죄어 올 것 같은 눈빛을 벗어나고 싶은데
꿈쩍 못 하는 몸
괴력의 손이 뒷덜미를 당기는데
돌아보면 아무 일도 없었다는 듯
잎사귀들 남실남실 허공을 기어오른다

웜홀*

무엇이든 뱉어 내야 풀리는 건넛방과
좀체 열릴 줄 모르는 안방이
거실을 사이에 두고 허공 저편만큼 멀다
헛기침이 뒤척거리는 맞은편에서
천장을 바라보며 가슴을 긁어 대는 젖은 눈
방과 방 사이, 못 박는 소리 들린다
한숨마저 멎은 거실 구석
노래기가 골 깊은 장판 틈바구니를 넘나든다
까맣고 기다란 벌레
아비의 속내를 몰라주는 자식이 괘씸하고
아이를 이해 못 하는 옹고집이 원망스러운 밤
불협의 시간을 천천히 더듬어 가는 그림자
오던 길 뒤돌아본다
몸이 길어 살랑살랑 통로가 되기에 적합하겠다
안방과 건넛방을 기웃거리는 저 꿈틀거림
어쩌면 베일에 싸인 홀을 여는 열쇠일 수도 있겠다
멀고 먼 여정에서 지름길을 익힌 걸까
문틈으로 잠입을 시도하던 몸이
순식간에 풀어진 잠 속으로 사라진다
방을 노크하던 온기는 광속을 초월하여

무사히 합류할 수 있을까
가깝고도 먼 안과 밖의 거리
행성 사이를 헤엄쳐 가는 웜홀 한 마리
회오리치던 꿈이 무중력 잠 속을 유영하는
우주의 새벽

* 웜홀: 우주에서 블랙홀과 화이트홀을 연결하는 가상의 통로 개념.

구름의 늑골

빈 소주병과 짓이겨진 담배꽁초가 의자 아래 아무렇게나 뒹굴고 있다 사내와 한패인 저것들도 기적 소리에 설렌 적 있을까 막차 떠난 간이역 대합실 구석에서 홀로 병나발을 불어 대던 사내가 시간을 힐끔거리며 어두워진 골목으로 사라진다

골방에 들어서자 참았던 통증이 스멀거린다 날이 밝으면 당도해 있을 바다를 생각하며 사내는 눅눅한 기억을 벽에 기댄다 빨간 입술이 도드라진 잡지 위로 흩어진 알약들이 콩벌레처럼 기고 있다 꾀죄죄한 베개 끝에서 뒤척거리는 쉰내, 눈길 닿는 곳마다 곰팡이가 몽글몽글 통점을 건드린다

울음을 견디는 구름의 표정은 어떤 모습일까 통증은 잠시 스쳐 가는 거라고 목까지 차오르는 속내를 다독인다 줄줄 새는 마음을 닦아 내면 늑골에서 죽음의 냄새가 났다 가슴 귀퉁이에 웅크린 거먹구름, 멀어진 꿈이 액자 속 바닷가를 거니는 밤 포말의 꽃상여 한 채 밀려온다

토마토

적당한 모호함을 가진 동굴이 있다
속과 겉이 구분되지 않는 투명한 빛
왜 검은 맥주를 사랑합니까
햇살이 돌아 나간 곳에 얼굴을 대고
표정이 닮았다고 생각한다
가슴과 가슴 사이 소리를 가늠 중인 센서
온기를 켜기 위한 어둠이 작동하고 있다
우화가 가득한 동굴은 몇 럭스의 속내인지
깊이를 누설한 적이 없다
밍밍한 맛이 가진 유순함 때문일까
물사슴의 심장 소리가 혀끝에서 쿵쾅거린다
물렁한 포크로는 당신을 사랑할 수 없지
물길을 가둔 채 붉거나 푸르게 어두워져 간다
먹고 싶은 게 있니
먼 발소리에도 동이 틀 때가 있지
화상 자국은 만질수록 붉어지지
포개지거나 닿아도 무르지 않는
밀어낼수록 가까워지는 눈빛
동굴을 녹여 낼 듯 쳐다본다
색에 색을 입힌 맛
손을 씻고 주스를 마시면 쓴맛이 난다

쓰담쓰담

예불을 알리는 범종 소리
산자락 줄지어 선 고목을 깨워요
오체투지로 날아온 맨발의 잎들이
툇마루 법당에 사뿐 내려앉아요

먼저 당도한 검붉은 잎은
벌레 먹인 자국으로 휑한 마른 잎을 반겨요
상처투성이인 채로 기도하는 빈 가슴들

빛을 잃어버린 배롱나무
노을 자락을 당겨 합장해요
웅크릴수록 서늘한 저녁
아픔을 껴안은 잎들이 어깨를 들썩여요

저녁 공양을 마친 바람이
마당에 홍시 몇 개 내려놓고 뒷산을 넘어가요
먼 길 떠나는 노승의 뒷모습처럼
저물도록 말을 잃은 숲

엎드려 숨소리마저 내려놓은 수행자들

한 줄 인사라도 남기는 걸까요
엽서에 피어난 도라지 꽃잎은
눈물 뒤에 피어난 웃음이라지요

남겨진 잎들이 제빛을 찾아가요
몇몇은 달려온 길 뒤돌아보고요
메마른 가슴들이 물소리로 건너가요

북성포구

일감 잃은 부표가 끈에 묶여 떠도는 한낮

소라 멍게 삼식이
자연산 모둠 회로 손님을 부르던 빛바랜 문구
바지락칼국숫집 만석댁 눈빛이
고무 함지박 속에서 가물가물 해감 중이다

갯벌에 기대 반쯤 기울어진 등대
'포구에 물이 없으니 등대 허리가 휘었어'
소금을 뒤집어쓴 젓갈 새우들이
툭툭 양동이를 치며 할머니 혼잣말에 장단 맞춘다

먹이 찾아 수로를 넘나들던 괭이갈매기
목쉰 울음이 서둘러 노을을 끌고 온다

수국 얼굴

비구름 속을 서성이는 동안
수국의 몸값은 꽃집의 습도를 부풀리고 있었다
연둣빛 꽃잎과 마주친 후
머릿속 골목 어귀를 떠다니는 봉오리들
몽글몽글 아득해지는 향기 너머로
뒤돌아본 꽃잎은 분홍으로 바뀌었다
치솟는 가격에 센서처럼 땀방울을 달고
내일은 보랏빛일 거라는 음성
예측할 수 없는 몸값이
제어되지 않는 습기에 뿌옇게 오르내렸다
오락가락 우량을 검출할 수 없는 일기
슬며시 색을 저울질하는 눈빛들
가면극을 보듯 얼굴빛이 뒤바뀌는 순간
변장술이 능한 눈빛 속으로
습도 빨간 눈금이 치솟았다
초경을 앓는 빗방울이 덩달아 튀어 올랐다

제4부

한 치 앞을 볼 수 없는

물오른 풀들이 제초기 칼날과 대치 중이다 무사 복장의 사내들 앞에서 겁에 질려 주춤거리다 스크럼을 짜고 버틴다 조팝꽃 톡톡 터진다 아른아른 한 치 앞을 분간할 수 없는 허공 속으로 무사들의 눈빛이 번득인다 굉음을 내며 제초기가 날뛰자 풀들의 비명이 인도를 덮치고 대로변까지 흘러나왔다 죽어 가는 풀이 죽은 풀 위에 쌓였다 피 뚝뚝 흘려 쓴 유서처럼 잘려 나간 잎들의 비린내가 진동한다 어쩌다 제초기를 피해 간 망초가 조막만 한 얼굴을 바닥에 묻는다 사시나무 가지에서 뱁새가 호각 소리로 운다 거친 기계음은 그칠 줄 모르고 기세등등 번져 간다 앞서거니 뒤서거니 도망치다 바닥에 널브러진 풀들이 파닥파닥 숨을 고른다 속수무책 고개를 떨구고 있는 풀들의 비명이 귀에 쟁쟁하다

인공호흡기에 의지해 누워 있는 애절한 눈빛을 외면하고 황급히 병원 문을 뛰쳐나왔던 그해 5월이었다

오리나무 표본

동면에 들기 전 나무가 옷을 벗는다
한 방울의 수액마저 내려놓을 때
가슴도 키도 닮은
가지런히 드러난 알몸들

양팔을 벌려 손잡는
찬바람 속 순한 골격들

어린잎들이 즈잘대던
푸른 계절을 넘어
오색으로 번져 가는 허공

눈에 비치던 허상 떨구고
비로소 뼈만 남았을 때
발끝부터 머리까지 어루만지는 햇살
뿌리까지 스민다

크거나 작거나 소리를 멈춰
표본처럼 드러난 겨울나무
겉치레를 접고 고요를 입는다

>

시린 풍경 안으로 깊어지는 계절
산허리를 휘감고 펄럭이던 가지들이
벌거벗은 숲에 닻을 내린다

누워야 잘 보인다

계절을 건너는 딱따구리
부리가 닿는 곳마다 울음이 자란다
밤낮이 하는 일은 달랐지만
틈을 메우는 데서 멀어지지 못했다
기울어 가는 가계를 돌보느라
수직으로 매달려야 했던 아버지는
구멍을 더 넓히기도 했고
없던 실금을 만들어 내기도 했다
상처를 공유한 가족은
꿈에서도 통증이 멈추지 않아
헐거워진 마음부터 메워야 했다
어린 피붙이가 빠져나간 자리
지워지지 않는 기억은
고목이 된 빈집처럼 먹먹했다
밤이면 죽은 줄도 모르고 둥지로 찾아드는 눈망울
슬픔은 부리 끝에서 온몸으로 번져 갔다
돌아보면 눈물 아닌 것 없어
한숨 쓸어 담느라 골방 하나 숨겨 놓는다
굽어 가는 생의 부리로 평생 쪼아 만든 방
허공에 난 길 위로 동그란 문 비로소 열린다

울음을 채집하다

망초잎에 오도카니 앉은 물방울
슬픔이 또르르 또르르 운다

엄마를 찾는 아이의 눈망울이
통점 깊숙이 박혀 피었다 사라질 때
눈물과 빗물을 구분할 수 없다

웅크리고 앉아 울음을 만지작거리면
끈적한 피였다가 살점이었다가

풀잎에서 풀잎으로 번지는 통증

물방울을 간직하는 일은
가슴에 허공 하나 키우는 일
상처 안으로 꽃잎을 들이는 일

몸을 구부려 둥그러져 가는
풀벌레들의 울음을 줍는다

합숙 훈련

낯익은 얼굴이 나를 바라본다
검은 리본을 맨 거울 속 여자가
죽음을 애도한다
놀라워라, 내가 언제 죽었지
기억을 되살리는 사이
먼 곳에 있는 줄 알았던 죽음이
네게 임하였도다
말씀이 빛으로 흘러들었다
오래전 잠들어 있던 내가 보였다
파도에 몸을 잃고
물미역처럼 흐물거리는 머릿결
나는 이미 숨이 끊겼으므로
거울 속 영정 고요하다
터벅터벅 거울로 들어가
얼굴을 어루만지는데
어쩌다……
나와 잠들지 않으련
검은 입김이 속삭이듯 온몸으로 번진다
섬뜩했던 마지막 시간이 꼬리를 내린다
내성을 키우며 살았을 날들이

그림자처럼 지나간다
잠깐 바람이 스친 것도 같다
죽음을 의지해 사는 일
피할 수 없는 깊고 긴 잠
생生을 겉돌던 내가
영원을 바라보는 순간이다

웃음 한 장

세간이 빠져나간 집을 서성이는데
떠나지 못한 가족의 한때가
실금이 간 액자 속에서 웃고 있다

1980년 9월 25일, 아빠 회갑
딸들의 애교가 삐뚤빼뚤 손 글씨로 남아
매서운 바람 속에서도 빛나는 기념일

뿌리내리기 위해 안간힘을 쓴 흔적일까
사진이 걸렸던 자리마다 못 자국이 휑하다
가족의 손때가 묻은 누런 얼룩들

웃음을 두고 어둑새벽 서둘러 떠난 가족은
어디쯤에서 표류 중일까

걸음을 멈추고
가족이 흘리고 간 웃음을 줍는다

빈집을 기웃거리는 그림자가 궁금해서
흑백사진 속 얼굴들이 웃는다

소풍

갈참나무 그늘에 앉아 목을 축이는데
잘 익은 열매가 후드득 떨어진다
정수리를 치고 무릎 사이에서
오도카니 바라보는 도토리
먹잇감을 움켜쥐고 두리번거리는 동물처럼
갑자기 방금 떨어진 맛이 궁금했다
속살을 지켜 내느라 불침번 섰을 떫은맛
날 선 갈기로 입 안 가득 호통을 놓는데
다람쥐들이 보고 있을까
하릴없이 그들의 양식이나 축내고 있다니
심술꾸러기 바람이 가지를 흔들어 대자
잎사귀에 내려앉은 햇살이 우수수 쏟아진다
풀숲에서 소동이 그치기를 기다리는
다람쥐였는지 사람이었는지
한바탕 소풍을 마친 그림자
나무 그늘 속으로 사라진다
떠들썩하던 숲
아무 일 없었다는 듯 고요하다

자폐의 여름
—남형도 기자의 체헐리즘 「꽃피는 봄…」에서

모니터에 갇힌 아이 손이 여름을 쥐고 있다
왼손 검지를 입에 문 몸은 오른쪽으로 기울어진다
엄마, 이거 좀 봐 버려진 강아지를 구조한대요
유튜브를 보다가 소리친다
아이 외침을 재봉틀 소리가 먹어 치운다
12시가 되자, 엄마 밥 줘
아까 먹은 밥은 점심이 아니잖아
전달되지 못한 말이 화면 속에서 지글거리고
더위 먹은 선풍기가 헛바퀴를 돈다
아이는 아무렇지도 않게 손톱에 맺힌 피를 핥는다
다르륵 다르륵, 소음은 살이 찌고
청각장애를 앓는 여자의 귀는 점점 말라 간다
아이는 몇 번인가 재봉틀을 걷어차다가
실 꾸러미가 있던 박스 안으로 기어든다
네모 속은 덥지도 시끄럽지도 않아
엄마 배 속처럼 포근해
아이가 잠든 후
장애를 가진 모자가 숨졌다는 자막이
화면을 긋고 사라진다
페달을 밟는 여자 눈빛이 바닥을 치던 여름

더운 바람도 닿지 않는 지하방

지상에서는 아이 외침도 재봉틀 소리도 들리지 않았다

바람의 행상

저녁이면 함지박에서 별이 쏟아져 나왔다
별을 보고 나가 별을 보고 들어오는 어머니

돈이 되는 거라면 품목을 가리지 않고
물건을 받아 종종걸음을 치던 날들
곡물 대신 지폐를 받은 날은
꼬깃꼬깃한 하루를 세는 표정이 환하다

달빛이 문틈을 기웃거리는 밤
머리가 휑한 것을 그때 알았다
무게를 견디지 못하고 맨살을 드러낸 정수리
딸자식은 헛농사라며 수군대던 이웃들은
어머니의 속알머리에 무성한 소문을 슬어 놨다

누수되는 생을 누설한 것인데
바람의 일인 양 누구도 귀담아듣지 않았다
시나브로 당신이 새 나가는 줄 모르며
식솔들 뒷바라지에 늘 부족하기만 했던 계절

내일은 윗목에 부려 놓은 저 곡식들로

십오 리나 되는 오일장에 나가 돈을 살 것이다

등이 바닥에 닿자마자 시작된 코골이
새벽 장에 나갈 채비를 하는지
부스럭부스럭 별들의 잠꼬대가 분주하다

찔레 숲을 건너다

정상을 향해 가려는 남자와
한사코 둘레길을 고집하는 여자

두 사람 사이를 스치는 스산한 바람

찬 기운에 슬그머니 일어난 남자를 두고
여자는 손 한 번 흔들지 않고 반대쪽 길을 가며
천 개의 마음으로 천 개의 탑을 쌓는다

옹달샘에 엎드린 지빠귀 울음도
가시덤불을 건너왔을까

물속에 떠오르는 낯선 얼굴
너덜길에 갇힌 표정이 일그러져 울상이다

만났다 헤어져도 결국 하나가 되어
너럭바위를 지나는 양떼구름

이정표가 보이지 않는다

>

갈참나무 허리춤쯤에서 배회하다
하산하는 개미들
끈으로 묶여 발맞춰 가야 하는 인연

산 그림자를 앞세운 둘레길에
저벅저벅 숲이 저문다

젖은 우산이 으앙으앙 울어 대는데

집요하게 따라붙는 소리
몸을 불려 달팽이관을 에워싼다
서럽게 흐느끼는 출처를 찾아 살핀다

소파와 티브이
싱크대와 냉장고도 조용하다
창에 부딪는 빗소리를 의심하며
잠을 청하려는데
부스스한 몰골로 떠다니는 울음

누군가 문을 두드린다
누구냐고 물으려는데
문이 열리고 바닥이 흥건하다

종일 빗속을 함께한 그가
젖은 몸으로 서 있다

비 오는 날이면
찾아들던 오래된 통증
어둠 속에서 눈물 뚝뚝 떨구고 있다

클린치

발가락 설레는 전조 증상이 있다는 걸 그가 몇 번이고 나를 관통한 뒤에야 알았다 회화나무 그늘 한 뭉텅이가 비둘기 발목을 휘감고 있다 검은 레이스로 밑단을 장식한 원피스를 입고 어스름 속에서 잎들이 귀를 모으는 동안, 집 안 곳곳에 촛불 돋운다 매번 모습을 바꿔 찾아들지만 눈빛의 광기와 식성은 변하지 않는다 검정 구두코에 잦은 방문의 흔적이 엉켜 있다 멈출 줄 모르는 눈물은 어쩌면 저 발소리에서 시작되었는지 모른다 그가 발을 옮길 때마다, 몽글몽글 흘러내리는 물방울들

정중하고 명랑하게 어둠의 실루엣을 걷어 낸다 어서 오시게 오늘의 레시피는 레퀴엠, 시작은 슬로 슬로 자, 안아 보시게 퀵 퀵, 질펀하게 긴 손톱으로 한 점 즐기시게 나를 내어 주어 그 아가리에 꽃이 만발하면 굶주린 배 속 환해지겠네 나를 뜯는 눈빛을 혼곤히 바라보며 피 한 방울까지 다 내주겠네 남은 눈물로 꽃무늬 베개를 적시고 흐린 기억까지 씻어 낼 수 있다면 그 힘으로 만 년은 견딜 수 있겠네 나를 놓지 마시게 나, 다시 일어나 당신이라는 슬픈 이름 껴안고 오래 서 있을 수 있게

목양견

양을 몰고 오는 저녁, 말썽꾸러기 한 마리가 사라졌다 주인을 따라 앞서거니 뒤서거니 들판을 이 잡듯 뒤졌지만 끝내 찾지 못했다 양을 지키지 못한 자책으로 밤이슬 맞으며 서성이는데 막 태어난 새끼 울음이 들렸다

늑대들은 눈을 희번덕이며 통통하게 살 오른 새끼 양들을 노렸다 사위스러운 새끼 울음이 구미를 당겼을까 달빛 서늘한 그믐밤 사람의 탈을 쓴 늑대들이 들이닥쳤다 다급해진 주인이 소리를 지르며 뛰쳐나오는데 아뿔싸, 문이 열리지 않는다 놈들이 통나무로 문을 괴어 시간을 벌자는 수작이다 밀고 당기다 문짝이 떨어져 나가고서야 놈들을 쫓는데 언덕 저만큼에서 놈들이 소리친다 동트면 입대하니까 좀 봐줍쇼 웃지도 울지도 못하는 주인 뒤를 따르며 미처 도망치지 못한 신발 한 짝을 물고 와 멀거니 쳐다보던 밤

목초지를 옮겨 다니는 일은 번거로웠으나 양들에게 배불리 먹일 수 있는 신선한 풀을 찾아다녀야 했다 계곡을 지나 구름 너머 평원에서 벌 치는 이들을 만났다 꿀벌을 정찰대로 보내 새로운 꿀을 찾아 나서는 일은 양 치는 일만큼이나 흥미로워 보였다 아카시아꽃이 흐드러진 곳에서 말벌 잡

기에 혈안이 된 이들도 보았다 꿀벌을 습격한다는 죄목을 씌워 말벌을 사정없이 죽인 뒤 꿀통을 훔치는 사람들, 그런 날은 산중에 홀로 앉아 목이 부어오르도록 짖다가 내려오곤 했다

부스럭거리는 작은 움직임에도 번득이던 눈빛, 컹컹 짖어 대던 소리도 쇠락해 가지만, 새끼들 옆에서 여전히 돌보는 일을 게을리하지 않는다 모두 잠든 사이에도 초원을 누비는 양들의 울음이 귓전을 깨운다

목각 인형*

낮과 밤의 경계가 사라진 시베리아 횡단 열차
오래전 놓쳐 버린 아이의 꿈이 뒤척일 때마다
목각 인형이 쏟아져 나왔다
아이를 찾아 숲으로 향한다
수피에 돋아난 눈들이 어둠 속에서 달려온다
　빨간불이야, 조심해
　엄마, 이곳은 어둡지도 춥지도 않아요
최초의 기도는 저 목소리에서 시작되었을까
아이를 숲 어디쯤에서 본 것 같았다
별과 새의 발자국을 구별하는 사이 눈이 내렸다
나무 발자국을 보고서야
아이가 별이 되었다는 말을 믿지 않기로 했다
덜컹거리는 창문이 눈 덮인 벌판을 지나는 동안
사라진 목각 인형에 대해 아무도 입을 열지 않았다
기억이 엉킨 길 위
겨울과 나무들의 작별은 어떤 모습일까
온기가 빠져나간 빈 둥지를 오랫동안 품고 다녔다
목각 어미는 가족 수만큼 인형을 품고 있다는데
몇 번을 세어도 부족하다
어린 피붙이는 어디에 있을까

팔 벌린 그림자처럼 길게 다가오는 산허리

　누구든 사라지지 않아

　보이지 않는 것은 가슴에 자라나고 있거든

비어 있던 몸 가장 낮은 곳에서

설원이 견뎌 내는 푸른 외침이 들렸다

* 목각 인형: 나무로 만든 러시아 전통 인형.

민달팽이 근무 일지

베란다 외진 곳에
그늘처럼 그가 엎드려 산다
어둡고 습한 곳, 숙식 가능한 일터다
교대 근무 하는 낮이 흘려 놓은 것들을 보며
밤이면 문틈의 바람을 지키는 것이다
물 한 방울 놓치는 법이 없어
굵고 튼실한 필체로
제라늄이나 호야처럼 넓은 잎에 근무 일지를 남긴다
이름이 은빛으로 반짝이는 아침
느린 발자국을 따라간다
사랑초 그늘 지나 유접곡을 지나
팔손이 줄기를 타고 오른 흔적이
끈적하게 기록되어 있다
어린잎에 기대 허공으로 배를 채우고
잠깐 졸았을까
잎끝에서 몇 번 도움닫기를 하며
세계지도를 그려 놓았다
몸으로 눌러쓴 필체
일과를 뒤적이며 푸른 별들과
사막을 건너는 중일까

바다 한복판에서 파고를 넘으며
사투를 벌이고 있을지도 모를 일
뒷모습 같은 하루를 견디는
집 없는 거처
그림자 짙은 풍경 속에
실오라기 하나 걸치지 않은 알몸이
배를 밀며 길을 내고 있다

해 설

배를 밀며 길을 내고, 독의 옹알이를 듣는 일

유성호(문학평론가, 한양대학교 국문과 교수)

1. 구체성과 보편성을 하나로 관통하는 상상력

김해리 시인의 이번 시집은 몸과 마음의 가장 오랜 기원起源을 살피면서 동시에 그것을 삶의 새로운 기율로 보편화하려는 미학적 결실로 다가온다. 존재론적 해석과 전망을 통해 경험적 구체성을 배열하고 그 과정에 어떤 근원적 질서를 부여하려는 시인의 의지는, 잃어버린 아우라Aura를 상상적 능동성으로 되부르는 강력한 방법론으로 기능하고 있다. 이는 인간 실존의 원형적 경험을 수습하는 동시에 기억의 표면에 떠 있는 상像을 역동적으로 변화시켜 가는 과정을 적극적으로 포괄한다. 이러한 원리를 중심으로 김해리 시인은 자신이 관찰하고 내면화해 온 대상들로 하여금 인간 실존을 비유하는 반영체이자 시작詩作 행위를 환기하는 상관물이 되게끔 만들어 준다. 이러한 가능성과 함께 김해리의 시는 섬세한 관찰과 기억으로 현실을 재현하면서 사람살이의 고단함에 힘껏 주목해 간다. 물론 그의 시는 단순한 현실 반영의 원리를 넘어 언어 생성을 통해 존재 생성에 이르는 신생新生의 회로를 경과함으로써 삶의 구체성과 보편성을 하나로 관통하는 상상력의 통합 과정을 보여 준다. 이 점, 궁극적 자기 긍정에 토대를 둔 그의 시적 가능성을 보여 주는 득의의 음역音域이 아닐 수 없다. 이제 그 세계 안으로 한 걸음씩 들어가 보도록 하자.

2. 실존적 페이소스로 걸어가는 '길'

김해리의 시는 내면의 진정성을 통해 자신만의 선연한 경험과 기억을 복원해 가는 미학적 세계이고, 그 세계를 가득 채우고 있는 고독과 슬픔을 노래하는 실존적 고백록이기도 하다. 물론 시인은, 우리가 비록 폐허와 같은 세상을 살아가지만 거기에는 두려움을 넘어서는 생동감이 함께 녹아 있음을 결코 놓치지 않는다. 이러한 것들과의 경험적 동질성에서 발원하는 그의 시는 아스라하게 대상을 응시하는 방식을 택하면서 자신만의 페이소스pathos를 통해 자신의 '길'을 걸어간다. 이때 김해리 시인은 탄탄한 지성적 절제를 통해 사물의 속성과 자신이 지나온 시간을 불러오면서 그것을 심미적 형상으로 변형해 가는 활력을 보여 준다. 먼저 다음

시편을 한번 읽어 보자.

베란다 외진 곳에
그늘처럼 그가 엎드려 산다
어둡고 습한 곳, 숙식 가능한 일터다
교대 근무 하는 낮이 흘려 놓은 것들을 보며
밤이면 문틈의 바람을 지키는 것이다
물 한 방울 놓치는 법이 없어
굵고 튼실한 필체로
제라늄이나 호야처럼 넓은 잎에 근무 일지를 남긴다
이름이 은빛으로 반짝이는 아침
느린 발자국을 따라간다
사랑초 그늘 지나 유접곡을 지나
팔손이 줄기를 타고 오른 흔적이
끈적하게 기록되어 있다
어린잎에 기대 허공으로 배를 채우고
잠깐 졸았을까
잎끝에서 몇 번 도움닫기를 하며
세계지도를 그려 놓았다
몸으로 눌러쓴 필체
일과를 뒤적이며 푸른 별들과
사막을 건너는 중일까
바다 한복판에서 파고를 넘으며
사투를 벌이고 있을지도 모를 일

뒷모습 같은 하루를 견디는

집 없는 거처

그림자 짙은 풍경 속에

실오라기 하나 걸치지 않은 알몸이

배를 밀며 길을 내고 있다

—「민달팽이 근무 일지」 전문

시인의 시선은 베란다 외진 곳에서 근무 일지를 쓰는 '민달팽이'를 향한다. 어둡고 습한 곳을 일터로 삼아 그늘처럼 살아가는 그는 낮에는 사물을 바라보고 밤에는 바람을 지키면서 자신만의 일지日誌를 써 간다. "굵고 튼실한 필체"로 넓은 잎에 남겨지는 그의 느린 발자국은 베란다에 놓인 뭇 식물들의 잎줄기를 오른 흔적까지 세세하게 기록해 간 결과이다. 가끔 "몸으로 눌러쓴 필체"를 온전하게 남기기도 하는 그는 푸른 별과 함께 사막을 건너고 바다에서 파고를 넘어선다. 모두 "뒷모습 같은 하루를 견디는/ 집 없는 거처"를 지키면서 "길을 내고" 있는 모습을 담고 있는 형상이다. 그렇게 민달팽이는 느린 보폭으로 "어스름 속에서 잎들이 귀를 모으는 동안"(「클린치」) 자신의 길을 홀로 걸어가면서 "가지 사이로 홀연히 스며들어 여백이 되는 달빛"(「자작나무 묵화」)을 잔잔하게 남기고 "옥토를 일궈 다른 생을 적셔 주는 음지식물들"(「본적」)을 기록해 간다. 여기서 우리는 배를 밀며 길을 내고 근무 일지를 하루하루 써 가는 민달팽이의 형상이 어느새 '시인 김해리'를 비유하는 상관물이 되고 있음에 상도想到하게 된다. 다음으로는 '딱새'를 만나 본다.

새들의 맨발이 닿을 때마다
허공에 초록빛 음이 튀어 오른다
말갛게 우듬지까지 차오르는 관계는 늘 절창이다
진실한 언어는 궤도를 벗어나지 않고
밤사이 부풀어 오른 악보는 부리 끝에서 기록된다
부리의 전생이 박혀 있는 꽃잎
한 몸이었던 울음이 탯줄로 붉어지고
군데군데 날아간 흔적은 서로에게 무심한 표정을 짓는다
오후 2시의 기억을 찾아 등을 굽히는 그늘
서늘한 기운이 손에 잡힌다
바람이 불지 않는 날에도 깃털은 날려
울음 속에서 소스라치는 꽃잎의 입술이 파랗다
잎과 부리의 경계가 지워지는 바람의 입질
새들은 뿌리를 향해 발을 뻗는다
최초의 잎사귀는 부리에게 나는 법을 가르쳤을까
바람에 달궈진 계절이 수평선으로 흘러간다
목덜미에 층층 감기는 울음
나무를 눈 뜨게 한 죄로 서로의 속내를 수혈한다
가지를 길게 늘어뜨려 마른기침을 깁느라
동산을 떠나는 푸른 귀, 길 없는 길 위로 날아간다

―「층층나무 딱새」 전문

'층층나무 딱새' 역시 맨발이 닿을 때마다 허공에 튀어 오르는 "초록빛 음"을 기록하는 존재이다. 그러니 그 또한 '시인'의 형상이 아니겠는가. 그가 기록해 가는 "진실한 언어"는 우듬지까지 차오르는 '절창'으로 번져 가기도 하고 밤사이 부풀어 오르는 '악보'로 몸을 바꾸기도 한다. 전생이 박힌 '꽃잎'과 한때 하나였던 '울음'은 오랜 기억을 찾아 그늘에서도 "서늘한 기운"을 부여해 준다. 이러한 '절창=울음=악보'의 등식 속에서 딱새는 존재의 뿌리를 향한다. "목덜미에 층층 감기는 울음"을 기록하느라 "길 없는 길 위"로 날아가는 새들의 비상을 통해 시인은 "작은 움직임에도 번득이던 눈빛"(「목양견」)까지 담아냈던 시 쓰기 작업을 떠올리고 있을 것이다. "말씀이 빛으로 흘러"(「합숙 훈련」)왔을 때 그 미세한 떨림과 울림을 동시에 잡아내는 역량은 그로 하여금 "뿌리 없이도 꽃 피우는 법"(「그 많던 뿌리는 어디로 사라졌을까」)을 알게끔 해 주고 "어두워질수록 선명해지는 직박구리 울음"(「브로콜리」)까지 들을 수 있게끔 해 주었을 것이다.

서정시는 존재의 결핍에서 상상적 충일로 나아가는 과정에서 씌어지는 경우가 많다. 삶의 비극성을 새로운 생성적 경험으로 탈환하는 상상력을 통해 서정시는 시인 자신의 절실한 깨달음은 물론 대상을 향한 한없는 사랑의 마음을 담아 가게 마련이다. 위의 사례에서 우리는 '민달팽이=딱새=시인'의 등식이 우리에게 전해 주는 시인의 상상력을 만나 볼 수 있게 된다, 이러한 경험을 통해 우리는 삶을 반성적으로 사유하기도 하고 새로운 세계에 대한 간절한 염원을 간

접화하기도 한다. 그의 이번 시집은 이러한 속성을 남김없이 충족해 가는 상상과 경험의 도록圖錄으로서, 우리로 하여금 실존적, 역사적 정황을 끊임없이 관찰하면서 몸속에 새겨 가는 수많은 기록들을 만나게끔 해 준다. 그만큼 김해리 시인은 밋밋한 기억의 복원에서 훌쩍 벗어나 시인으로서의 자의식으로 나아가는 충만한 순간을 보여 준 것이다. 그의 두 번째 시집이 이러한 입체성과 모험적 의지를 함께 가진 까닭이 바로 여기에 있을 것이다. 그러한 의지 안에서 우리는 실존적 페이소스로 천천히 걸어가는 그의 '길' 혹은 '길 없는 길'을 깨끗한 심상으로 바라보게 된다.

3. 존재론적 기원에 대한 애잔한 탐구

대개 서정시는 생성적 자기 성찰의 한 방식이 되어 준다. 흔히 1인칭 화법으로 전개되는 이러한 속성은 시인 스스로를 향한 정직한 응시와 반추와 표현을 통해서만 가능해진다. 그리고 성찰의 깊이와 표현의 진정성이 결합될 때 서정시를 읽는 이들의 공감도 비례적으로 커져 가게 마련이다. 이때 우리는 공감의 에너지가 시인으로 하여금 본원적 경지를 향하게끔 하는 것을 목도하게 되는데, 말하자면 시인의 성찰적 에너지가 존재론적 기원(origin)에 궁극적으로 가닿으려는 것을 암시적으로 깨닫게 되는 것이다. 그리고 이러한 과정에는 시인이 강렬하게 희원하는 간절함이 담겨 있는데 그 간절함이 대상의 현실적 회복을 뜻하는 것은 물론 아니다. 다만 그것은 대상이 남긴 빛과 그늘을 동시에 투시하게끔 해 주는 힘이라 할 것이다. 이처럼 김해리 시인은 경험적 구체성을 통해 이제는 돌아갈 수 없는 시간을 호출하면서, 순수 원형을 내장한 그 무엇을 상상하고 복원하고 현재화하고 있다. 이번 시집은 그러한 기억의 작업을 수행하는 수범 사례라 할 것이다.

셔츠 아래 단추가 떨어져 나갔다
목 부분은 없어도 될 것 같아
그걸 떼어다 아래쪽에 단다
단추가 없는 목 부분이 늘어져
소매에 있는 걸 떼어 다시 목에 달아 준다
단추가 없는 소맷귀를 걷고
외출했다 들어온 날
깃이 우그러져 울상인 채 옷을 벗는데
옆구리에서 반짝이는 앵두만 한 단추
근심 어린 어머니 표정이 스친다
여섯 남매를 키우며
실꾸리와 단추통을 끼고 살았던 어머니
고만고만한 자식들이 툭하면 달아나
소식조차 알 수 없을 때
눈꺼풀 아래 어둠이 짙어 갔다
도망치면 잡아다 앉히기를 반복하는 동안에도

단추 하나 달 줄 모르던 자식들은

어머니 속이나 뒤집을 줄 아는 맹추들이었다

단추를 달다 말고 어머니 옆구리를 뒤진다

볼이 발그레한 아이 손이 따뜻해진다

—「스페어 단추」 전문

'스페어 단추'란 단추가 떨어져 나갔을 때 대체물이 되는 것을 말하는데, 시인은 "옆구리에서 반짝이는 앵두만 한 단추"를 바라보면서 오래전 어머니의 표정을 떠올린다. 어머니는 6남매를 키우는 동안 "실꾸리와 단추통을 끼고" 사셨고 자식들 때문에 눈꺼풀 아래 짙은 어둠을 달고 사셨다. 자식들은 단추 하나 달 줄 모르던 맹추들이었다. 그 "어머니 옆구리"를 뒤지면서 새삼 느끼는 "볼이 발그레한 아이 손"의 따뜻함이야말로 어머니로부터 오래도록 전해 오던 온기 그 자체일 것이다. 그렇게 '스페어 단추'는 "품목을 가리지 않고/ 물건을 받아 종종걸음을 치던 날"(「바람의 행상」)을 지내오신 어머니를 소환해 주면서 "모두 잠든 사이에도 초원을 누비는 양들의 울음"(「목양견」)을 들으셨을 어머니의 지극한 모습을 아스라하게 환기해 준다. "고요히 녹슨 폐선"(「담배한 개비의 자세」)으로 계실 어머니에 대한 애잔한 기억이 존재론적 기원으로 환하게 다가오는 순간이다.

세간이 빠져나간 집을 서성이는데

떠나지 못한 가족의 한때가

실금이 간 액자 속에서 웃고 있다

1980년 9월 25일, 아빠 회갑
딸들의 애교가 삐뚤빼뚤 손 글씨로 남아
매서운 바람 속에서도 빛나는 기념일

뿌리내리기 위해 안간힘을 쓴 흔적일까
사진이 걸렸던 자리마다 못 자국이 휑하다
가족의 손때가 묻은 누런 얼룩들

웃음을 두고 어둑새벽 서둘러 떠난 가족은
어디쯤에서 표류 중일까

걸음을 멈추고
가족이 흘리고 간 웃음을 줍는다

빈집을 기웃거리는 그림자가 궁금해서
흑백사진 속 얼굴들이 웃는다

—「웃음 한 장」 전문

시인은 세간이 빠져나간 옛집에서 사진을 한 장 발견한다. 그 사진에는 "떠나지 못한 가족의 한때가/ 실금이 간 액자 속에서 웃고" 있다. 지금으로부터 40년 전인 "1980년 9월 25일, 아빠 회갑" 때다. 딸들 손 글씨가 남아 있고 "매서운 바람 속에서도 빛나는 기념일"이 그 안에 출렁인다. 뿌리내리기 위해 안간힘을 쓴 흔적처럼 사진이 걸렸던 자리는 못자국으로 남았고, 가족의 손때 묻은 얼룩들도 세월의 깊이를 말해 주는 듯하다. 이러한 '웃음 한 장' 남겨 두고 어둑새벽 떠난 가족들은 지금 어디쯤 있을까 하면서 시인은 흑백사진 속 얼굴들의 '웃음 한 장'을 한 폭의 서정적 삽화로 만들어 내고 있다. 아마도 그 사진 안에는 "기울어 가는 가계를 돌보느라/ 수직으로 매달려야 했던 아버지"(「누워야 잘 보인다」)가 "아슬아슬 춤추는 고도"(「춤추는 칸나」)처럼 남아 계실 것이다. 만약 "기억 밖으로 사라지는 것들이 슬픔이라면"(「미선나무 숲」) 그것은 틀림없이 슬픔이겠지만 그 슬픔이야말로 "주술을 외우는 달빛"(「토우」)이나 "말을 걸어오는 꽃잎의 눈빛"(「수국」)처럼 아버지의 한순간이 다가오는 선명한 장면을 감싸고 있는 가장 아름다운 시간의 은유일 것이다.

많은 이들이 우리 시대를 절멸과 폐허의 시대라고 일컫지만 우리는 아직도 서정시를 통해 그러한 세상을 역설적으로 개진하고 견뎌 간다. 하지만 그 개진과 견딤이 때때로 역진逆進의 형식을 취한다는 점에서 서정시는 존재론적 기원으로의 역류와 소급을 욕망하는 양식임에 틀림없다. 이때 가족은 누구에게나 자신의 존재를 가능하게 한 직접적 기원이자 유년의 시공간을 제약했던 울타리가 아니었겠는가. 특별히 우리 역사에서 가족이란 가난과 질병과 노동의 형식을 함께해 온 기억의 최소 단위일 것이다. 많은 이들의 기억에서 살아 움직이는 이러한 존재의 심층을 향해 김해리 시인의 상상력은 움직여 간다. 그 점에서 그는 순간적 함축을 통해 오랜 기억을 재구성함으로써 이 절멸과 폐허의 시대를 견디게끔 해 주는 언어의 사제司祭라고 할 수 있다. 그리고 그 사제가 가장 먼저 떠올린 것은 어머니와 아버지의 애잔한 삶이었을 것이다.

4. 삶의 원적原籍으로서의 '지상의 낮은 집'과 '성스러운 독성'

김해리의 시는 다양하게 산포된 심미적 풍경을 통해 회귀적이고 메타적인 시인으로서의 질문을 깊이 숨기고 있다. 시인은 다양한 음색과 음감音感을 통해 그러한 과제에 골똘하게 응답해 가는데 이때 그의 시는 개별 요소들을 하나의 전체(unity)로 조직하는 구성 원리를 취해 가게 된다. 다양하고 산만한 요소들이 커다란 유기적 전체 안에 알맞게 배열됨으로써 완미한 시적 형식을 이루게 되는 것이다. 이처럼 다양한 시적 요소를 예술적 긴장 안에 치밀하게 배치하는 김해리의 시는 그 순간 바로 섬세한 미학적 구성물로 변모해 간다. 어쩌면 그것은 "소리는 닫혀 있고 적막만"(「소리를 따라갔다」) 환하게 들리는 풍경이나 "빛을 투과한 실루엣"(「병은 있고 꽃은 없다」)처럼 "밀어낼수록 가까워지는 눈빛"(「토마토」)을 바라보는 시인의 시선을 투명하게 증언해 주는 실체로 다가오고 있는지도 모른다. 이제 우리는 어디에도 치

우치지 않는 그의 균형 감각을 통해 삶의 형식에 대한 단단한 통찰과 격정적이면서도 심미적인 예술적 감각을 간취하게 된다.

허공을 횡단하던 빗방울이 모여 집을 짓는다

계절 아랑곳없이 질척이던 곳
터를 보는 동안 하루살이들이 에워싼다

발등 위로 차올라 뼈 속까지 스미는 기운
지붕 없는 집이 아늑하다

오래된 담벼락을 지나 샛길을 가며
길섶 풀잎의 모양대로 담기는 자세

웅덩이가 연못이 되고
연못에 하늘을 담는 공법
기둥 없는 집들이 번져 들판을 기른다

방 한 칸 없이 떠돌던 기억이
지상의 낮은 집에 머문다
고물고물 물의 방에 눕는 흰 꽃잎들

하늘에서 땅을 바라보는 비의 움직임

낮은 곳으로 배밀이하는 비의 건축법이다

—「비의 자세」 전문

시인의 시선은 허공을 가로지르던 빗방울이 모여 '집'을 짓는 과정으로 옮겨 간다. 물론 그 지붕 없는 집은 계절에 아랑곳없이 질척이는 곳이고 하루살이들이 에워싸고선 뼈 속까지 스미는 기운을 전해 주는 곳이다. 시인은 이 아늑한 집이 결국 "비의 건축법"이 이룬 성과라고 본다. 웅덩이가 연못이 되고 그 연못에 하늘을 담는 공법이 바로 그것이다. 말하자면 지붕도 기둥도 없는 집에 방 한 칸도 없이 떠돌던 기억이 지상의 낮은 집에 머무르게 된 것이다. 그렇게 '물의 방'에 누운 꽃잎들이야말로 "하늘에서 땅을 바라보는 비의 움직임"을 전해 주는 상관물로서 낮은 곳으로 나아가는 '비의 자세'를 전해 주는 전령과 같은 존재들이다. 이 천체의 건축법은 곧 김해리 시인이 견지하는 삶의 관법觀法을 다시 한번 은유하고 있다 할 것이다. 그 또한 "불온한 말"(「붉은 오리」)이나 "몇 번씩 어긋나던 말"(「아는 듯 모르는 듯」)이 품었을 "야생의 냄새"(「모션현혹이론」)까지 담아내면서 산뜻하게 자신의 심법心法을 이루어 내고 있는 것이다.

감자를 깎는데 곳곳이 패어 있다

서늘한 기운이 도는 움푹한 곳에서

움찔, 칼이 멈춘다

칼 앞에서 움트던 시간들이
꼬물꼬물 고개를 내민다
독기를 도려내려던 칼끝이 수굿하게
발자국 같은 그늘을 본다

허방은, 허방일 뿐이라고

수없이 꺾이고 미끄러지던 날들은
어쩌지 못해 독을 쟁이는
시간이었을까
다짐 같은 것일까

독이 살갗을 뚫고 스멀거린다
그 속에 생명 하나씩 품고
치명적 향기를 내뿜는다

발가벗은 독은 얼마나 거룩한 것이냐
제 허물로 지키는 목숨은 얼마나 모진가

어린것을 품고
살아남은 자리가 쭈그러진 채
정물처럼 고요하다

독이라고 내던졌던 두엄 더미에서

고물고물 움트는 소리 들린다

감자를 깎는 일은
독의 옹알이를 듣는 일
막 눈뜬 아이에게
젖을 물리는 일처럼 고즈넉한 일

—「거룩한 독」 전문

이번에는 성스러움과 독성毒性이 한 몸으로 결합되었다. 곳곳이 패어 서늘한 기운이 맴도는 감자를 두고 시인은 문득 칼질을 멈춘다. 감자 안에서 움텄을 시간들을 상상하고 "발자국 같은 그늘"을 바라볼 뿐이다. 독성을 제거하려고 했는데 "독을 쟁이는/ 시간"을 오히려 만나게 된 것이다. 순간적으로 독성이 살갗을 뚫고 스멀거리는 듯한 감각 속에서 시인은 "그 속에 생명 하나씩 품고/ 치명적 향기"를 내뿜는 감자의 독성이 사실은 "얼마나 거룩한 것"인지를 깨닫는다. 그 거룩함은 "제 허물로 지키는 목숨"과 "어린것을 품고/ 살아남은" 시간이 품고 있는 어떤 것일 터이다. 마찬가지로 독이라고 내던진 두엄 더미에서 생명이 움트는 소리를 우리는 듣게 되지 않는가. 그러니 "감자를 깎는 일은/ 독의 옹알이를 듣는 일"이 되어 준다. 그리고 그것은 생명의 작업처럼, 아이에게 젖을 물리는 일처럼, 고요하고 고즈넉한 일로 나아간다. 그러니 '거룩한 독'이라는 모순어법은 삶의 속성을 중층적으로 은유하면서 한편으로는 "어미가 살던 가슴 깊은 곳”(「붉은 오리」)을 상상하게끔 해 주고 한편으로는 “속내를 알 수 없는 말”(「네 말은 어쩐지 모호해」)을 통해 애틋하게 살아가는 것이 “가슴에 허공 하나 키우는 일”(「울음을 채집하다」)임을 알아 가게끔 해 주기도 한다.

이처럼 김해리 시인은 삶에서 정태적인 안정성을 추구하지 않고 내면 경험의 활력을 언어의 그것으로 바꾸어 내는 심미적 격정의 세계를 환기해 간다. 그리고 다양한 사물과 관념에 고유의 질감을 부여하는 창신의 안목과 그것을 언어의 구체적 물질성으로 바꾸어 내는 조형 능력을 보여 준다. 우리는 그의 역량을 통해, 사물과 상상력이 만나 빚어내는 역동적 이미지로서의 환상적 창조물을 만나게 된다. 요컨대 내면의 활력과 사물의 구체성이 만나는 감각의 생성 과정에서 발원하여 그 안에 선명한 기억의 밀도를 조형하는 세계를 알게 되고, 그 안에 담긴 사물과 상상력이 삶의 역동적 이미지로 살아나는 또렷한 순간을 경험하게 되는 것이다. 삶의 원적原籍으로서의 ‘지상의 낮은 집’과 ‘성스러운 독성’을 흔연하게 만나게 되는 것이다.

5. 활달한 감각과 사유가 빚어낸 시적 밀도

김해리 시인의 이번 시집은 사물의 외적 풍경과 주체의 내적 경험을 유추적으로 결합시키면서 그 과정에서 필연적으로 발생하는 주체와 사물 간의 관계론을 집중적으로 형상

화한 결실이다. 독자들은 시인이 그려 가는 풍경과 경험 사이의 비유적 형상들을 접하면서 세계내적 존재로서 견지해 가는 시인 특유의 사유 방식과 만나게 될 것이다. 또한 그가 구현해 가는 이미지들이 미세하면서도 역동적인 파동을 그리고 있기 때문에 우의적寓意的 탐색으로는 그 의미를 온전하게 파악하기 어렵다는 것도 알아 갈 것이다. 우리가 보기에 김해리 시인은 경험적 직접성보다는 상상적 관념과 그것을 결합시키는 작법을 통해 시를 써 간다. 그의 시는 내면토로의 서정과 일정하게 거리를 두면서도 격정을 품은 채로 자신만의 기억을 축조해 가기 때문이다.

두루 알다시피, 서정시는 시간 경험에 대한 회상 형식으로 씌어지고 읽힌다. 우리는 서정시와 시간이 호혜적 원질原質임을 잘 알고 있다. 김해리 시의 미학적 근간은 이러한 시간에 대한 회상 형식에서 발원하여 원형적 시간에 대한 갈망으로 이월해 간다. 이때 기억이란 시인으로 하여금 심미적 삶을 가능하게 하는 힘으로 작동하며 이러한 깊고도 지속적인 미학적 충동은 인간의 근원적 존재 형식에 대한 탐구 작업을 끝없이 가능하게 할 것이다. 흔치 않은 서정적 위엄을 담은 이번 시집에 그러한 기율과 지향이 잔잔하게 출렁이고 있다 할 것이다. 결국 우리는 김해리 시인의 이번 시집이 많은 이들의 은은한 기억 속에 남게 되기를 바란다. 그만큼 이번 시집은 근원적 질서와 존재론의 지평의 개진 과정을 아름답게 진설해 놓았다. 시인은 앞으로도 보편적 삶의 원리에 대한 성찰을 이어 가면서 근원적인 인생론적 힘에 대해 사유하는 쪽으로 나아갈 것이다. 그래서 우리는, 배를 밀며 길을 내고 독의 옹알이를 듣는 일을 완성해 낸 이번 시집을 덮으면서, 김해리 시인이 활달한 감각과 사유가 빚어낸 시적 밀도를 넘어, 그다음 차원으로, 더 큰 시인의 진경進境으로 나아가기를, 마음 깊이 소망해 보는 것이다.